신개념 카툰 시집!

나로 인해
행복한 세상

제로케이 글, 그림

- 제로케이 -

상상 이상! 예측불가! 엉뚱함 가득!
순수함 가득 안고 개그 욕심 강한
이 책의 주인공.

- 마늘님 -

참 야무지다 못해 야심만만한 그녀.
할인품목 싹쓸이! 경품 욕심에 무모한 각종 대회 도전!
욕심 많지만 모두에게 친숙한, 처음 본 누구랑도 금방 친해지는
주인공 제로케이의 영원한 짝꿍.

- 선배 -

앞으로 다가올 상상도 못할 미지의 장면을
피하지 못해 결국 운명처럼
즐기는 착한 선배들.

- 후배 -

앞으로 다가올 상상 이상의 이야기를
제로케이와 함께 펼쳐나갈
언제나 함께 할 장난꾸러기 후배들.

『나로 인해 행복한 세상』

시인의 말

나로 인해

모두가 행복했으면 좋겠다

그리고

나로 인해

모두의 입꼬리도 씩 올라갔으면 좋겠다

지록위마(指鹿爲馬)

그녀가 부르는 소리
'닭볶음탕 드세요'

흐흠
코끝을 자극하는 냄새
내가 좋아하는 닭볶음탕인가

허걱
기대와 다른 혀에 닿는 맛
대체 이건 무엇이란 말인가

돼지고기… 그래 돼지고기다
살며시 젓가락을 내려놓는다

'쨍그랑'

그녀의 잔소리
'내가 닭이라면 닭이고
돼지라고 하면 돼지인 것이야'

다시 젓가락을 들고
맛있게 먹고 있는 나를 발견한다

돼지고기… 아니
닭고기는 언제나 맛있다

내가 닭이라고 하면 닭이고,
돼지라고 하면 돼지야!

함부로

운전 중
문 함부로 열지 마
그녀의 안전을 생각하는 나

대화 중
말 함부로 하지 마
그녀의 도발에 대비하는 나

제발
살 함부로 찌지 마
그녀의 건강을 생각하는 나

100키로

여행은 언제나 즐거워
목적지가 다가올수록 더 설레

두근두근…
이제 몇 키로 남았지?

이제 거의 다 왔어
그녀가 100키로(kg) 되려면

걱정

그녀가 다칠까 봐 걱정
그녀가 아플까 봐 걱정

우당탕…
그녀가 넘어졌다

많이 안 다친 거 아냐?
아… 아니 많이 다친 거 아냐?

그녀를 진정 걱정(?)해주는 나

많이 안 다친 거 아냐?!!

다 좋아

내가 어디가 좋아?
그냥 다 좋아

내가 그렇게 좋아?
그냥 다 좋아

이래도 좋아?
그냥 다 좋다니까

뿌웅……
안녕히 계세요

뿌웅~
안녕히 계세요~~

행복한 구속

오랜 혼자만의 세월
단비같이 다가온 그녀

그녀와 함께 시작한 새로운 출발
행복이 오려나요

시간 되면 밥 먹어라
챙겨주는 그녀의 배려

시간 되면 들어와라
걱정하는 그녀의 따뜻한 마음

시간 되면 이거 해라 저거 해라

점점 다가오는 그녀

담배 한 모금 땡기는 지금

입안에서만 맴도는 소리 없는 외침

'살려주세요'

먹었으면 설거지해야지...?

한창 먹을때

힘들다는 후배를 위해
'이리 와, 술 한잔하자'

고민 있다는 후배를 위해
'어서 와, 술 한잔하자'

'많이 먹고 힘내'
'너 때는 한창 먹을 때야'

근데 너랑 나
한 살 차이다

"많이 먹고 힘내~
너 때는 한창 먹을 때야"

눈, 비, 바람

펑펑…

눈이 오면 모자가 되어줄게

주룩주룩…

비가 오면 우산이 되어줄게

휘잉…

바람 불면… 괜한 걱정을 했네

내가 괜한 걱정을 했네…

빌린 돈

잊은 줄 알았는데

잊지 않고 있었네

'잊지 않고 있었네...'

비상금

나를 많이 사랑하는 그녀

나의 모든 것에 관심이 많은 그녀

나의 작은 것 하나에도 궁금한 그녀

결국 찾아내네

씨부럴

결국 찾아내네......

동기부여

그녀와의 등산
앞서거니 뒤서거니

점점 처지는 그녀에게
자극을 주는 한마디

등산이랑 뱃살은 똑같아
한번 처지면 끝이야

"등산이랑 뱃살은 똑같아~
한번 처지면 끝이야~"

장난전화

오랜만에 후배에게 전화하는데
반갑게 맞아주는 후배

많이 바쁘지 않냐고
바쁘면 전화 끊어도 된다고
후배를 배려하는데

후배는 안 바쁘다며 괜찮다고
선배를 배려하는데

내가 바쁘다며
통화종료 꾸욱

나 바쁘다...

돌변

그녀를 나만큼이나 많이 사랑한다
웃고 울고 아프면서도
그녀를 나만큼이나 많이 사랑한다

그녀와 싸웠다
나는 나를 사랑하지 않는다

난 내가 싫어...

떠난 자리

그녀가 떠났다
내 옆에는 친구가 있다
든든하고 고마운 녀석

친구가 떠났다
내 옆에는 그녀가 있다
튼튼하고 얄미운 그녀

내 옆에는 그녀가 있다

그녀의 외출

하나였다가 둘이 되면
외롭지 않게 된대

둘이었다가 하나가 되면
외롭지도 않고 자유롭기까지 하대

둘이었다가 하나가 되면
외롭지도 않고 자유롭기까지...

인생

그녀가 보는 인생
살이 쪘을 때와 안 쪘을 때

내가 그녀를 보는 인생
살이 쪘을 때와 엄청 쪘을 때

살이 쪘을 때와
살이 엄청 쪘을 때

나가면 빠짐

장마철 빨래에서 나는 꿉꿉한 냄새
아무리 빨아도 냄새는 여전

밖에 나가면
다 빠진다고 말하는 그녀

그렇다면
자기도 좀 나가, 빠지게

어떤 것이든 신기하게도
나가면 빠진다

자기도 좀 나가 그럼

없어서 못 팔아

세상에는 수많은 거짓말이 있다
그중에서 아예 대놓고 하는 거짓말이 있다

없어서 못 팔아

앞에 쌓인 재고는 뭔데?

앞에 쌓인 재고는 뭔가요??

출입 금지

등산을 좋아하는 그녀
그녀와 함께한 등산
날씨도 좋고 컨디션도 좋고

등산 입구에 있는 표지판
'반려견 출입 금지'

괜히 데려왔네
그것도 초대형인데…

이럴 땐

여름에는 시원하게 식사를 해야 하는데
식당이 너무 더울 때가 있다

이럴 땐
'히터 좀 꺼 주세요, 너무 더워서요'

겨울에는 따뜻하게 식사를 해야 하는데
식당이 너무 추울 때가 있다

이럴 땐
'에어컨 좀 꺼 주세요, 너무 추워서요'

좀 꺼 주세요, 너무 추워요   좀 꺼 주세요, 너무 더워요

허리허리

선배 그거 알아요?
몰라!

처 아직 물어보지도 않았는데요?
몰라 모른다고!

바쁜 세상
세상 빠른 대답

세상 빠른 대답

붙이고 해

하루 종일 분주한 그녀
하루 종일 서두르는 그녀
하루 종일 정신없는 그녀

엉덩이도 붙일 시간이 없을 정도로
바쁘다는 그녀에게
선물을 건넨다

양면테이프
순간접착제
포스트잇

좀 붙이고 해~

얌체 후배

식사하러 갈 땐 지갑을 놔두고
식사하고 나올 땐 신발 끈 묶고
커피 마시러 갈 땐 키오스크 앞에서 전화하고
담배 피러 갈 땐 라이타만 챙기고
술자리에서 N빵 할 땐 중간에 사라지고

나는 너를 미워하지 않는다
이젠 존경스럽다

리스펙!

미리미리

그녀는 화장실에 들어가서

'여보 수건 좀'

수건을 갖고 들어가면 될 것을, 쯧쯧

그녀는 잠잘 때

'여보 불 좀 꺼줘'

눕기 전에 불을 끄면 될 것을, 쯧쯧

그녀는 식사할 때

'여보 밥 좀'

밥 먹기 전에 배를 채우면 될 것을, 쯧쯧

여봉~ 수건 좀~

누수

즐거운 드라이브

에취~

재채기를 하는 그녀

차 천장에 비 새는 줄 알았다

차 천장에 비가 새나...

우산

비 오는 퇴근길
그녀의 긴급한 문자

역시나
우산 가지고 나와달라는 그녀의 문자

금방 나가겠다고 하니
웬일이냐며 살짝 감동한 듯한 그녀

그녀에게 진실한 마음을 담아
문자를 보낸다

'비 맞아서 물에 불으면

그땐 감당이 안 되거든'

라이딩은 즐거워

장거리 라이딩 후
지쳐 쓰러지듯 집에 도착

많이 힘들었겠다며
걱정과 위로를 해주는 그녀

그녀의 따뜻한 마음이 고마워서
포옹과 함께 귓가에 속삭이듯
'자기 때문에 힘들지! 라이딩은 즐거워!'

난 자기 때문에 힘들지,
라이딩은 즐거워~

그녀가 해준 참치마요

그녀가 해준 참치마요
환호하는 아이들

그녀가 해준 참치마요
처음부터 느끼함에 고추장을 비벼 먹는 나
양이 많다는 이유로 먹다 남기는 아이들

그녀가 해준 참치마요
말 안 해도 알아
너희도 맛이 없었구나

말 안 해도 안다...

큰대(大)

잠잘 때 가장 편한 자세는
큰대(大)자

몸이 편하고 푹 잘 수 있는
큰대(大)자

그녀가 뒤척이는데
'철퍼덕'
이거야말로 큰대(大)자로구나

이거야 말로 큰대(大)

나가래요

커피숍 들어오자마자
화장실이 급한 선배

화장실이 어디냐고 묻는데
바로 나가시면 된다는 사장님

선배, 사장님이 선배 나가래요

선배, 사장님이 선배 나가래요

조심해

조심해!
나를 걱정하는 그녀

조심해!
그녀에게 경고하는 나

좀 참지

윙윙

여름철 지긋지긋한 모기

짝짝

모기를 잡고 좋아하는 그녀

이제 곧 식사 시간인데

조금만 참지

이제 곧 식사 시간인데...

겨울잠

겨울잠을 자는 동물은 참 신기해
잔뜩 먹고 몇 달을 잔다고 하니

요즘 들어 잔뜩 먹는 그녀
겨울잠을 잘 때가 된 것 같다

요즘 들어 잔뜩 먹는다 했다...

돼지 돈(豚)

내 품에 안긴 그녀

문득 옛 영화가 생각난다

"돈을 갖고 튀어라"

꿀

환절기라 목이 아픈데
나를 걱정해주는 그녀

목에 좋다는 꿀을 주며
매일 빼먹지 말고 먹으라는 그녀의 따뜻한 조언

그녀를 쳐다보며
어떤 거를 빼먹지 말고 먹으라는 건지 되묻는다

답답한 듯
꿀! 꿀이라고 소리치는 그녀

오리는 꽥꽥

돼지는 꿀꿀

오리는 꽥꽥
돼지는 꿀꿀

집보다 편해?

오랜만에 주말 나들이
신나 하는 그녀
피곤함에 쉬고 싶은 나

갈림길…
어느 길로 가야 하나 고민하는 찰나에
그녀가 한쪽을 가리키며
이쪽이 편하다고 호들갑을 떠는데

그쪽이 아무리 편하다고 해도
집보다 편할까 싶다

그래도 집이 젤 편해…

위로가 되는 한마디

힘들 때마다
사랑하는 아이로부터 위로받는 나

아빠가 좋아?
엄마가 싫어?

선택의 여지 없이 둘 중 하나!
결국 아빠가 좋아

아빠가 좋아~

그녀와 드라이브

차가 낮게 깔리고
뒷바퀴가 들린 기분

지금 그녀와 드라이브 중이다

그녀와 드라이브 중

고라니 3행시 (인스타그램 3행시 공모전 참가작)

고

고구려 광개토대왕은 영토를 확장하며 중국과

라

라이벌 관계였으나 항상 굶주린 적군을 걱정했다

이렇게

니

니 시팔노마

니 시팔노마,
걱정된다 해

국도

나는 고속도로보다 국도가 좋다
주변의 정겨운 경치를 볼 수 있어서
천천히 여유롭게 운전할 수 있어서
시골집의 개소리가 정겨워서

멍멍 개소리
그녀의 잔소리를 삭제해 준
어느 시골집의 이름 모를 개가 있어
나는 고속도로보다 국도가 너무 좋다

이름 모를 개야... 고마워

캘리그라피

식탐 쩌는 우리 식구
오늘도 변기가 막혔다

최근에 배운 캘리그라피 실력을 뽐낼 때가 왔다

'똥 한 덩어리에 물 한번 내리기'
나의 캘리그라피 첫 작품이 탄생하는
감격스러운 순간이다

똥 한 덩어리에
물 한번 내리기!

감격스런 순간...

살 빼야

여기는 주차장
차를 빼는 것이 쉽지 않다

기다리다 답답한 그녀는
차를 빼야 탈 수 있는지 묻는다

기다리는 그녀에게
살을 빼야 탈 수 있을 것 같다고 했다

안아 줘

그녀와 다퉜다
그리고 화해했다

그녀는
그녀가 종종 지치고 힘들어서 말투가 거칠어질 때
그때는 그냥 꼭 안아줬으면 한다

불가능하다
팔이 안 닿는다

ㅉㅉ

팔이... 안.. 닿아...

인생 상담

나이가 많은데다 아직 솔로이고
혼자 살고 있다고 고민 상담을 하는 후배

'넌 내가 갖지 못한 걸 많이도 가지고 있구나'

후배는 나를 위로하기 시작했다

난 니가 부럽다

길을 걷다

후배랑 걷는다

후배가 앞서간다

(감히) 선배를 앞서가?

후배가 뒤처진다

(선배보다) 뒤처져서 걸어?

후배가 나란히 걷는다

(선배랑) 어깨를 나란히 하네

후배랑 걷는 것이 즐겁다

어쩌라는...

짬뽕 그릇의 가르침

넓은 그릇에 담겨 나오는 오징어 짬뽕

깊은 그릇에 담겨 나오는 삼선 짬뽕

오징어 짬뽕처럼 넓고

삼선 짬뽕처럼 깊은

생각이 넓고 이해심이 깊은

그녀도 그랬으면…

짬뽕처럼 넓고 깊은 내 마음~

가을바람

가을이다
그녀가 창문을 열었다
가을바람이 가슴속까지 파고든다

가을이다
그녀가 창문을 열었다
아무래도 방귀 뀐 것 같다

이제는 돌려줄 때

기쁠 때도 놀랐을 때도
나를 때리는 버릇이 있는 그녀

너무 재밌어
심장이 떨어지는 줄 알았네
퍽퍽!

오늘은 강도가 다르다
이제는
맞은 만큼 갚아줘야 하나 싶다

이제는 갚아줄 때...

퍽퍽

초고층아파트

요즘 아파트는 높이 더 높이
불안불안하다

세상 불안해도 내게는 안정감 있는
그녀가 있다

아... 안정감?

배고픈 군 시절

군대 생활은 먹어도 먹어도 배고프다
방금 먹었는데 돌아서면 배고픈 게 군대다

종교활동 시간에 불교에서 법명을 받았다
만공(滿空)이라는

가득 찰 만(滿)

빌 공(空)

아무리 먹어도 배가 고프다는 큰 뜻인 것 같다

군대 생활은 먹어도 먹어도 배고프다

탄산 막걸리

후배가 마음 가득 담아 준 선물
그 유명하다는 탄산 막걸리

오늘은 가족들 모두 모여
후배가 선물로 준
탄산 막걸리 개봉하는 날

쫘아악… 쫘아악…
여기저기 쏟아진 탄산 막걸리

후배한테 잘못한 게 있었나
생각이 많은 저녁 시간이다

아이들 싸움

너가 먼저 그랬잖아
아니야 오빠가 먼저 그랬잖아

아이들은 싸우면서 큰다고 하지만
내가 나설 때가 된 것 같다

일단 오빠가 동생한테 사과해
그리고
동생이 오빠한테 사과받아

딸을 너무 좋아하다 보니
무튼
깔끔하게 상황을 정리했다

나는 공평하다

그냥 조용히

그녀와의 드라이브
많은 대화를 하다 보니
차 안에 습기가 가득

어떻게 해야 할지
당황하는 그녀

그녀를 위한 조언
'그냥 조용히 있으면 됨'

드라마 "펜트하우스"가 인기다

딴거 보자~

딸 마눌 아들 나

극중 악역으로 나오는 김소연 배우가 실제는 여리여리하고 착하다고 한다

드라마 실제

어쩜 저렇게 착한사람이 악역을 잘할 수 있지?

악한 자기가 남들 앞에서 착한 역 하는거랑 같은거지 뭐~ㅋ

거기 서~

연기대상

그녀와 드라마를 본다
극 중 악역으로 나오는 여배우가
실제로는 여리여리하고 착하다고 한다

그녀를 바라본다
실제로는 악역 전문 배우 같은 그녀가
남들 앞에서는 여리여리하고 착하다고 한다

모락모락
연기처럼 본모습을 숨기는
그녀는 연기대상감이다

분유 먹였던 기억이

선배와 함께한 맛집
너무 급하게 드셔서 힘들어하는 선배

급히 다가가 선배 등을 쳐주는데
맛있게 먹고 있는데 왜 그러냐고 당황하는 선배

'저는 선배가 게워내는 줄 알고'

우리 막내 어릴 적 아주 어릴 적
분유 먹였던 생각이 나서 그만

미리 말씀하셨어야죠

커피 심부름을 시키는 선배
즐겁게 커피를 타오는 나

'설마 침은 안 뱉었겠지'라며
웃으며 농담하는 선배

그럼 미리 말씀하셨어야죠!
다시 타올게요

똑바로 해줄게

옷을 앞뒤 거꾸로 입은 그녀
가끔 이런 모습이 귀여울 때가 있다

귀여운 그녀를 위해
나는 기꺼이 도와주기로 했다

내가 똑바로 해줄게
내가 돌린 건 그녀의 목이었다

봄이 왔어요

봄봄봄
봄이다

그녀의 잔소리도 꿈틀꿈틀 시작된다
집에만 있지 말고
산에 가면 올챙이알도 있고 도롱뇽알도 많다고 한다

그런 거
함부로 먹으면 안 된다고 주의를 줬다

그런 거 먹는 거 아니야~

신의 한 수

주말마다 주민센타를 시작으로
가족들 데리고 정신없이 바쁜 그녀

비가 억수로 쏟아지는 어느 주말

'우리가 차를 가져온 게 신의 한 수였어'라며
매우 흡족해하는 그녀

아니지
이런 날은 집에 있는 게 신의 한 수지

신의 한 수
생각하기 나름

신의 한 수, 생각하기 나름

사랑한다면 매일

오늘은 용돈 받는 날
입가에 미소가 멈추질 않는 날

용돈 주는 날만 나를 좋아하는 것 같다고
투덜거리는 그녀

매일 좋아했으면 하는 그녀를 위해
아주 간단한 팁을 준다
'그럼 매일 입금해'

우울해

오늘은 너무 우울해서
그녀에게 도움을 청한다

그녀의 위로에 잠시 안정을 찾는 듯했지만
"자기는 우울할 이유가 없어
이렇게 예쁜 마누라 있지
행복한 줄 알아야지"라며 시작되는 잔소리

기대를 했던 내가 바보지
앞으로는 조금만 우울하자

친절한 나

음식이 나오면
항상 앞접시에 담아주는
친절한 나

자 맛 좀 보세요

그리고
나머진 다 내 꺼

내 꿈은

결혼 전에 내 꿈은
결혼해서 마누라에게서 용돈 받으면서
아등바등 사는 거였다네

결혼하고 나니
'내 생각이 짧았구나'라는 생각에
잠 못 들 때가 한두 번이 아니라네

짜증의 이유

가끔 짜증을 내는 그녀

오늘은 유독 심하네

거울이라도 본 건가

가을이 좋아

가을이다

하늘은 높고 그녀는 살찌고

포동포동 가을이 좋다

전쟁의 서막

귀는 작은데 왜 이리 귀가 얇지?

입은 작은데 왜 이리 말이 많지?

전원주택에서

한 번쯤 살아보고 싶은 전원주택
내가 좋아하는 댕댕이랑 같이

댕댕이를 무서워하는 그녀
절이 싫으면 중이 떠난다고 하지

전원주택에서 꼭 살아보고 싶다

귀가 간지러우면

휴일 오후
귓밥을 파 달라는 그녀

귓밥 파는데 간지럽다고
잠시를 못 견디는 그녀

귀가 간지러우면
누가 욕한다고 하던데

참 신기하다
내가 욕하고 있었는데

한 사람 빼고

붙임성이 좋아서
누구와도 금방 친해지는 그녀

지하철에서 처음 본 사람과도
지나가는 이웃과도
마트에서 판매원과도
병원에서 의사 선생님과도

딱 한 사람
그러니깐 나를 제외하고
모두와 친한 그녀

나도 그녀와 그닥 친해지고 싶지는 않다

거울

뭐 재미있는 거 없냐며
심심해하는 그녀

나는 그녀에게 거울을 건넸다

당연한 거

입에서는 입 냄새
발에서는 발 냄새

당연한 건데
왜들 난리지

자, 맡아 볼래?

자유

자기는 나 없으면 아무것도 못 하지?

나는 자기 없으면 아무것도 안 하지!

나는 자기 없으면 아무것도 안 해~

나만 봐

나만 보고

나만 믿고 따라와

그녀에게 믿음직한 남자가 되는 순간

그녀 또한

내가 자기를 봐주길 바란다

미안하지만

내가 본다고는 안 했다

못 보겠어요...

자다가도 생각나는 사람

자다가도 생각나는 사람이 있었으면 좋겠다
잠결에 그 사람 생각에 더 깊은 잠에 빠질 테니까

자다가도 생각나는 사람이 있었으면 좋겠다
아침에 왠지 입가에 미소를 머문 채 일어날 테니까

나에겐 자다가도 생각나는 그녀가 있다
자다가도 'ㄴ'자로 벌떡 일어나게 하는 그녀가 있다

아직도 잔소리가 귓가에 맴돈다
나에겐 자다가도 생각나는 사람이 있다

자꾸 생각나...

우아하게

우아하게 말해야지
품격있게 말해야지
그녀의 다짐

그럼 아무 말도 하지 마
진심 어린 나의 조언

바람

너의 호수같이 깊은 눈에 빠지고 싶어

너의 호수같이 넓은 살도 빠졌으면 해

나...?

벌레

벌레를 싫어하는 그녀

벌레다
그녀의 비명소리

그녀를 쳐다보며
'나는 아무리 싫어도 비명은 안 지르는데'

뭐 그정도 가지고...

이상해

미용실에서 한껏 멋을 부리고 온 그녀
드라이어로 머리를 다듬으며
뒷모습이 어떠냐고 물어보는 그녀

그리고
갑자기 휙 뒤돌아보는 그녀

나도 모르게
'이상해'

좋아하는 라면

꼬들 라면이 좋아?
퍼진 라면이 좋아?

내가 자기를 좋아하는 거 보면 몰라?

그녀는
내가 좋아하는
퍼진 라면을 가져왔다

상비약

뿌웅
속이 안 좋은 그녀

미안했는지
'냄새나?'

'아니 멀미나'

우리 집 상비약은
멀미약

내 방귀

뿌웅
이번엔 내가 그만

역시나 그녀의 잔소리
'방귀 뀌란 소리 안 했다'

'내 나이가 몇인데
뀌란다고 뀌고 뀌지 말란다고 안 뀌냐'

그렇다
방귀까지 통제당하고 싶지 않았다

다이어트

다이어트를 선언한 그녀
그래서
에어로빅을 다니겠다는 그녀

매번 다니다 말고 다니다 말고
이번에도 몇 번 다니다 말겠지

그녀의 당찬 각오 한마디
이번에 절대 안 빠지고 다닐 거야

그래 맞아, 이번에도 절대 안 빠질 거야
안 빠진다고 해서 살 빠지는 거 아닌데

행복한 순간

함께 밥을 먹고 나서
이번에 내가 계산할 차례인데

'저번에 네가 샀잖아'
라고 말하면서 너가 계산할 때

나야 고맙지...

하나 배우고 갑니다

힘들어하는 후배를 위해
고민 상담차 만났다
후배는 많은 도움을 받았다고 고마워하며
'하나 배우고 갑니다' 라고 했다

너무 섭섭했다
하나 배우고 간다니
내가 알려준 게 몇 갠데…

청각 아니고 후각

그녀가 방귀를 뀐 것 같다
그래도 혹시 몰라 확인해 본다
방귀 뀐 거 맞냐고

그녀는
참 귀도 밝다고
감탄을 한다

대체 무슨 소린지
나는 단지
냄새가 나서 말한 건데

깜짝이야

그녀는 깜짝깜짝 잘 놀란다
분리수거 할 때도
설거지할 때도
내가 부를 때마다
깜짝깜짝 잘 놀란다

어느 날 새벽이었다
나는 너무 놀랐다
옆으로 누워 자는데
그녀의 얼굴이 내 앞에 있었다

나는
웬만하면 놀라지 않는다

MBTI

나는 INFP

그녀는 ENFP

앞자리만 다르고

나머지가 같으면 잘 맞는다는데

우린 대체 왜?

일석이조

유난히 다리를 많이 떠는 선배가 있다

그런 선배 무릎 위에서

핸드폰 만보기를 채우기 시작한다

불공평

새벽에 핸드폰 하다 걸렸다
앞으로
루테인 사달라는 말 하지 말라는 그녀

새벽에 핸드폰 하는 그녀를 잡았다
앞으로
루테인 먹고 싶으면 신경 쓰지 말고
자던 잠이나 자라고 하는 그녀

루테인 끊고 싶나?

위기 탈출

콧물감기에 걸린 그녀
콧물을 손으로 가리키며
자기를 사랑하냐고 물어본다

사랑한다고 하니
콧물을 먹을 수 있냐고 한다

대답을 잘해야
오늘 하루가 편하다

미안, 오늘 점심을 짜게 먹어서

못 먹는 거 아니야, 안 먹는 거야~

친절한 식당

반찬 모자라면 더 달라고 하세요
밥 모자라면 더 달라고 하세요

계산할 때 돈 모자라면은요

직립보행

힘자랑하는 선배
손이 크다고 자랑하는 선배
손을 내밀어 보여주는 선배

선배
이 손은 직립보행 했던 손이 아닌데요

나는 남들보다 일찍 출근한다

회사

끄으

졸려ㅜㅜ

아침에 "일찍 나오셨어요?"라고
인사하는 직원이 있는데...

일찍 나오셨어요~

좋은아침

나는 그 친구에게 다가가

늦게 온 직원들에게도
"늦게 나오셨어요~"
라고 해야지 ㅋ

소곤
소곤

그러네 ㅋㅋ

아침 인사

아침 인사를

"일찍 나오셨네요"라고 하시는 분이 있다

늦게 오신 분께도

"늦게 나오셨네요"라고 해줘야 하는 거 아닌가

명곡

노래를 따라부르는 걸 좋아하는 그녀

오늘도 불후의 명곡을 도전하는 그녀

참 좋은 노래였는데…

새로운 해석이군...

부작용

그녀가 백신주사를 맞았다
부작용이 심하다

전보다 잔소리가 심해졌다
2차는 안 맞았으면 한다

2차는 제발...

떡 줄 사람은 꿈도 안 꾸는데 김칫국부터 마신다

온몸이 아프다는 그녀

오늘은 좀 더 구체적으로 설명해주는데

굳이 얘기 안 해도 돼

주물러 줄 생각이 없거든

마누라

힘들다
퇴근을 그립니다

힘들다
출근을 그립니다

짧은 생각

역사책을 봅니다
분노하고 감동하고
때로는 눈물까지 흘립니다

그녀를 봅니다
사랑하고 감사하고
때로는 눈물을 흘립니다

그녀가 저를 부릅니다
잔소리가 시작됩니다
잠시 제 생각이 짧았습니다

내 생각이 짧았다

무게

그녀의 눈물에
모든 게 무너집니다

그녀의 무게에
의자가 무너집니다

이번 주 이케아 갑니다

칼퇴

10

9

8

7

6

5

4

3

2

1

0

내일 뵙겠습니다

그리워

혼자만 남은 것 같다
주위엔 아무도 없다

혼자만 남은 것 같다
세상엔 아무도 없다

혼자만 남은 것 같다
외로움 가득한 순간

혼자만 남은 것 같다
너무도 조용한 새벽

드르렁… 쿨쿨

그녀가 옆에 있었다

나는 혼자가 아니었다

혼자가 그리운 새벽이다

역시 난 혼자가 아니었어...

나로 인해 행복한 세상

초판 1쇄 인쇄	2024년 6월 11일
초판 1쇄 발행	2024년 6월 20일

글, 그림	제로케이

펴낸이	이장우
책임편집	송세아
디자인	theambitious factory
편집 제작	안소라 김소은
관리	김한다 한주연
인쇄	KUMBI PNP

펴낸곳	도서출판 꿈공장플러스
출판등록	제 406-2017-000160호
주소	서울시 성북구 보국문로 16가길 43-20 꿈공장 1층

이메일	ceo@dreambooks.kr
홈페이지	www.dreambooks.kr
인스타그램	@dreambooks.ceo

전화번호	02-6012-2734
팩스	031-624-4527

* 저자 고유의 '글맛'을 위해 맞춤법 및 표현 등은 저자의 스타일을 따릅니다.

ISBN	979-11-92134-74-1
정가	14,000원